Deutsch

Leonhard Thoma

Der neue Mitbewohner und andere Geschichten

LEKTÜRE FÜR ERWACHSENE
MIT AUDIOS ONLINE

Hueber Verlag

Für Anregungen und Feedback können Sie dem Autor Leonhard Thoma schreiben:
leo.thoma66@gmail.com

Cover: © Getty Images/E+/Vladimir Vladimirov
Zeichnungen: Jörg Saupe, Düsseldorf

Einen kostenlosen MP3-Download zu diesem Titel finden Sie unter
www.hueber.de/audioservice.
© 2020 Hueber Verlag GmbH & Co. KG, München, Deutschland
Alle Rechte vorbehalten.
Sprecher: Claus-Peter Damitz
Hörproduktion: Scheune München mediaproduction GmBH

Der Verlag weist ausdrücklich darauf hin, dass im Text enthaltene externe
Links vom Verlag nur bis zum Zeitpunkt der Buchveröffentlichung
eingesehen werden konnten. Auf spätere Veränderungen hat der Verlag
keinerlei Einfluss. Eine Haftung des Verlags ist daher ausgeschlossen.

Das Werk und seine Teile sind urheberrechtlich geschützt.
Jede Verwertung in anderen als den gesetzlich zugelassenen Fällen
bedarf deshalb der vorherigen schriftlichen Einwilligung des Verlags.

Eingetragene Warenzeichen oder Marken sind Eigentum des
jeweiligen Zeichen- bzw. Markeninhabers, auch dann, wenn diese
nicht gekennzeichnet sind. Es ist jedoch zu beachten, dass weder
das Vorhandensein noch das Fehlen derartiger Kennzeichnungen
die Rechtslage hinsichtlich dieser gewerblichen Schutzrechte berührt.

3.	2.	1.			Die letzten Ziffern
2024	23	22	21	20	bezeichnen Zahl und Jahr des Druckes.

Alle Drucke dieser Auflage können, da unverändert,
nebeneinander benutzt werden.
1. Auflage
© 2020 Hueber Verlag GmbH & Co. KG, München, Deutschland
Umschlaggestaltung: Sieveking · Agentur für Kommunikation, München
Layout und Satz: Sieveking · Agentur für Kommunikation, München
Redaktion und Projektleitung: Katrin Dorhmi, Hueber Verlag, München
Lektorat: Veronika Kirschstein, Lektorat und Projektmanagement, Gondelsheim
Druck und Bindung: Friedrich Pustet GmbH & Co. KG, Regensburg
Printed in Germany
ISBN 978-3-19-248580-0

Inhalt

1	Der neue Mitbewohner	▶ 01	4
2	Wo war Lena?	▶ 02	8
3	Brunos Krise	▶ 03	12
4	Schwimmen	▶ 04	16
5	Die zweite Erde	▶ 05	20
6	Noras Nachricht	▶ 06	24
7	Die Reise nach Florenz	▶ 07	28
8	Frau Moll ist weg	▶ 08	32
9	Du schaffst das, Henry!	▶ 09	38
	Das große Geschichten-Quiz		43
	Lösungen		47

Legende:

 Schreiben Sie und lesen Sie den Text vor.

 Schreiben Sie und sprechen Sie im Kurs.

▶ Das Hörbuch zur Lektüre und die Tracks zu den Übungen stehen als kostenloser MP3-Download bereit unter: www.hueber.de/audioservice.

1 Der neue Mitbewohner

Ich wohne jetzt schon drei Monate bei den Vogels. Die Familie Vogel, das sind Ruth und Sven mit ihrem kleinen Sohn Fabian. Wie es angefangen hat? Tja, gute Frage. Also, eine Freundin hat mich vorgestellt. Ich habe ein neues Zuhause gebraucht und meine liebe Freundin Claudia hatte diese super Idee: „Die Vogels haben ein großes Haus und viel Platz", hat sie gemeint. „Die vermieten manchmal auch Zimmer an Studenten und so."
Also sind wir zusammen zu den Vogels gefahren und Claudia hat ihnen meine Situation erklärt. Die Familie hat mich freundlich angesehen und hatte viele Fragen. Aber das ist normal: Natürlich will man Informationen über einen neuen Mitbewohner: Wer ist das? Woher kommt er? Was macht er so? Ach ja, auch das Essen war ein Thema. Vegetarier: Ja oder nein? Das hat die Eltern sehr interessiert. Lieber Bratwurst oder lieber Pizza? Das war für Fabian wichtig. Mit den Antworten waren alle ganz zufrieden, glaube ich.

---

ansehen: man schaut direkt zu etwas oder einer Person

der Mitbewohner: andere Person in einer Wohnung oder einem Haus

der Vegetarier: er isst kein Fleisch

Sie haben mich sympathisch gefunden. Und ich sie auch. Sie waren also einverstanden und eine Woche später habe ich schon bei ihnen gewohnt.

Ein Glück für alle, denke ich. Die Vogels sind eine tolle Gastfamilie. Und ich bin ein guter Mitbewohner, finde ich. Nicht schwierig und sehr ruhig. Sonntags spielt Fabian oft mit Freunden sehr laut im Wohnzimmer. Aber das stört mich nicht. Ich höre gerne Musik, aber ganz leise. Ich habe fast nie Gäste. Nur Claudia kommt manchmal auf einen Tee.
Ich bin gerne mit Leuten zusammen, aber ich kann auch gut alleine sein. Ich will nicht nerven. Das ist alles.
Und: Ich kann gut zuhören. Herr Vogel hat das sofort verstanden und findet das super. Abends sitzt er manchmal mit einem Bierchen lange bei mir auf dem Sofa und erzählt mir seine Geschichten. Sehr spannende Geschichten.
„Amadeo versteht mich", sagt er oft zu seiner Frau, „dem Amadeo kann ich alles sagen." Sie muss da immer ein bisschen lachen. Ich glaube, Frau Vogel findet unsere „Männerabende" etwas komisch. Aber die Geschichten interessieren sie natürlich auch. Da bin ich fast sicher.
Frau Vogel ist auch freundlich, aber nicht so herzlich wie Sven. Manchmal bringt sie mir ein kleines Geschenk mit, aber sie spricht nicht viel mit mir. Ich denke, sie findet mich ziemlich langweilig. Wie schade!

So ist das, oder besser gesagt: So war das. Bis jetzt. Denn gestern Abend ist etwas passiert ... Also: Es ist spät, ich schlafe schon fast. Da höre ich jemanden an der Tür.
Herr Vogel, denke ich. Will er mit mir reden? So spät?

---

nerven: Probleme machen, schwierig sein

das Bierchen: ein kleines Bier

spannend: interessant, nicht langweilig

komisch: nicht ganz normal

Aber es ist … Frau Vogel! Frau Vogel kommt in mein Zimmer, im Pyjama und mit einem Glas Wein in der Hand.
Was macht die denn hier?
Schon ist sie direkt vor mir. Mit großen Augen sehen wir uns an. Das ist wirklich noch nie passiert. Was will sie von mir?
„Na, mein Freund, wie geht's dir?", beginnt sie. „Du, ich muss dir etwas sagen. Ich …"
Sie spricht nicht weiter. In diesem Moment öffnet sich die Tür und Herr Vogel steht im Zimmer.
Oh nein, was muss der jetzt denken? Frau Vogel und ich, so spät, so zusammen … das findet er sicher gar nicht lustig.
Aber er bleibt ganz ruhig und kommt langsam zu uns.
„Hey, ihr zwei Hübschen, was macht ihr da?" Er sieht mich an. „Na, Amadeo, was erzählt sie dir?"
Was soll ich tun? Ich bleibe ganz ruhig. Auch Frau Vogel sagt nichts. Kein Wort.
Langsam legt er den Arm um seine Frau, gibt ihr ein Küsschen und sieht wieder zu mir. „Dem Amadeo kann man alles sagen, nicht wahr? Der Amadeo versteht uns."
Glück gehabt, denke ich, Herr Vogel ist gar nicht böse. Er hat kein Problem. Nicht mit mir. Nicht mit einem Goldfisch.

Und jetzt Sie!

1. **Schreiben Sie einen kurzen Text.**

   Was möchte Ruth Vogel an diesem Abend zu Amadeo sagen?
   Na, mein Freund, wie geht's dir? Ich muss dir etwas sagen. …

2. **Schreiben Sie einen kurzen Text.**

   Wie ist ein guter Mitbewohner / eine gute Mitbewohnerin?
   Er / Sie ist …   Er / Sie kann / will / muss …
   Er / Sie … gerne …

---

der Pyjama: Kleidung für die Nacht

hübsch: schön

das Küsschen: kleiner Kuss

ÜBUNGEN

01 1. Amadeo. Was ist richtig? Lesen oder hören Sie die Geschichte und kreuzen Sie an.

   Amadeo ...
   a ... wohnt schon viele Jahre bei den Vogels. ○
   b ... findet die Vogels sofort sehr nett. ○
   c ... spielt am Sonntag immer mit Fabian. ○
   d ... mag Musik. ○
   e ... bekommt manchmal Besuch. ○
   f ... will immer alleine sein. ○
   g ... hört viele Geschichten von Herrn Vogel. ○
   h ... findet Frau Vogel langweilig. ○

2. Bei Familie Vogel. Ergänzen Sie das richtige Verb.

   mitbringen • vorstellen • zuhören • erklären • erzählen • anfangen • vermieten • ansehen • besuchen

   a Wie _fängt_ die Geschichte _an_ ?
   b Claudia und Amadeo _____ die Familie Vogel.
   c Die Familie Vogel _____ manchmal Zimmer.
   d Claudia _____ Amadeo _____ und _____ seine Situation.
   e Die Familie _____ Amadeo _____ und ist einverstanden.
   f Amadeo ist glücklich. Herr Vogel _____ viel, Amadeo _____ gerne _____.
   g Und Frau Vogel _____ manchmal Geschenke _____.

3. Fragen an den neuen Mitbewohner.

   Ergänzen Sie in der Du-Form.
   a _Bist du Vegetarier_ ? Ja, ich bin Vegetarier.
   b _____ ? Nein, ich spreche nicht viel.
   c _____ ? Ja, ich schwimme sehr gerne.
   d _____ oft _____ ? Nein, ich habe fast nie Gäste.

2 Wo war Lena?

Lena kommt nach Hause. Sie ist müde, aber glücklich. Sehr glücklich. Sie duscht und macht sich einen Tee. Sie hatte einen schönen Urlaub. Einen wunderbaren Urlaub!

Das war eine gute Idee. Zuerst war sie nicht sicher: Was kann sie in den Osterferien machen? Wohin soll sie fahren? Mit wem? Sie hatte drei Angebote: eine Kreuzfahrt mit ihrer Schwester Bea oder Camping mit zwei Kolleginnen in Kroatien oder Wandern mit Freunden auf Mallorca.

Aber eigentlich hatte sie keine Lust. Alles zu viel „Action". Und auch langweilig: Familie, Freunde ... immer dieselben Leute. Ich möchte mal etwas alleine machen, hat sie gedacht. Ich will etwas Neues sehen, aber ohne Stress. Genau! Alleine sein in einer Stadt mit viel Kultur. Und dann: spazieren gehen, Zeit haben, offen sein für Überraschungen.

Aber welche Stadt? Lena hat gesucht und gesucht, und dann hatte sie diese tolle Idee ...

---

die Kreuzfahrt: eine Reise auf einem Schiff

dieselben: keine neuen

die Überraschung: etwas Neues, nicht geplant

Das war echt ein verrückter Urlaub, von Anfang an!
Am ersten Morgen hat Lena ihr Handy ausgemacht und ist einfach ins Stadtzentrum gelaufen. Auf einem schönen Platz hat sie in der Sonne einen Cappuccino getrunken. Wunderbar! Und was dann? Das bekannte Museum war nicht weit. Eine gute Idee! Vor einem Bild von Picasso ist es dann passiert: Plötzlich war dieser nette junge Mann neben Lena. Er hat sie etwas auf Englisch gefragt, sie haben ein bisschen über Picasso gesprochen, über andere Maler, über die Stadt. Eine halbe Stunde später haben sie sich im Museumscafé wiedergetroffen. So ein Zufall! Sie haben weitergeredet. John ist Australier, er studiert Architektur und reist gerade drei Monate durch die Welt. Er hatte viele Fragen und hat interessante Geschichten erzählt. Ein tolles Gespräch.
„Ich gehe noch zum Hafen", hat er dann gesagt, „kommst du mit?" Ja, warum nicht? Sie haben einen schönen Spaziergang gemacht und später sogar eine Bootstour. John hat Lena eingeladen. Vorher war er noch kurz in einem Supermarkt. „Kein Ausflug ohne Picknick", hat er gelacht. Mit Brot, Käse und Obst sind sie dann über das Wasser gefahren und hatten richtig Spaß.
Und es ist noch mehr passiert: Auf dem Boot haben sie eine Gruppe kennengelernt, Sprachkurs-Schüler aus aller Welt. Die wollten am Abend auf ein Open-Air-Konzert gehen, gratis und mitten in der Stadt. Lena und John sind einfach mitgekommen. Die Musik war super, alle haben getanzt.
So hat es begonnen und so ist es weitergegangen. Vormittags hat sich Lena immer total entspannt, alleine mit ihrem Buch im Café oder im Park. Nachmittags hat sie mit John etwas Schönes gemacht. Einmal sind sie mit dem Zug rausgefahren, ans Meer. Natürlich mit Picknick. Das Wasser war noch eiskalt, aber sie haben kurz gebadet. Verrückt!
An einem Abend waren sie in dem neuen Konzerthaus. Fantastisch! Für John als Architekten war das natürlich ein Traum.

---

der Zufall: eine Überraschung

der Hafen: Parkplatz für Schiffe

das Boot: kleines Schiff

gratis: etwas kostet kein Geld

Und gestern haben sie nochmal mit der Multikulti-Gruppe eine Party in der Sprachschule gefeiert. Super!
Ja, das war Lenas Urlaub. Jeder Tag ein Abenteuer.
Heute Morgen hat sie nochmal mit John gefrühstückt.
„Oh nein. Morgen muss ich wieder arbeiten", hat sie gesagt.
„Tja, ich nicht. Ich bleibe noch ein bisschen hier", hat er gelacht.
„Aber ich habe ja deine Nummer. Also, bis bald."

Lena nimmt sich noch einen Tee und sieht aus dem Fenster.
Ja, das war wirklich ein toller Urlaub.
In diesem Moment hört sie ihr Handy. Ihre Schwester Bea ruft an.
„Hallo, Bea", sagt Lena. „Na, wie war deine Kreuzfahrt?"
„Ach, ganz nett, aber auch ein bisschen langweilig. Immer auf diesem Schiff, immer dieses doofe Touristenprogramm ... Aber sag mal: Wo warst eigentlich du? Ich habe so oft angerufen, aber ..."
„Also, ich hatte eine tolle Woche. Ich habe viele Leute kennengelernt. So viel gesehen, so viel ..."
„Ja, ja, aber **wo** warst du? In Kroatien oder auf Mallorca oder was?"
„Gute Frage", lacht Lena. „Wo war ich? Na ja, ganz einfach: zu Hause. Ich habe gar keine Reise gemacht. Ich bin einfach mal hier in Hamburg geblieben."

Und jetzt Sie!

1. **Schreiben Sie einen kurzen Text.**

    John schreibt eine E-Mail an eine Freundin in Zürich:
    Liebe Alice, ich bin in Hamburg. Im Museum habe ich ...

2. **Schreiben Sie einen kurzen Text.**

    Wie ist Ihr Traumurlaub: Was machen Sie? Wo? Mit wem?
    Also, ich möchte gerne ...

---

multikulti: international

das Abenteuer: interessante Sache / Geschichte

doof: dumm

ÜBUNGEN

1. Was macht Lena im Urlaub? Lesen oder hören Sie die Geschichte und ordnen Sie die Sätze.

    Lena …

    a ○ … macht eine Bootstour.
    b ○ … spricht mit John im Museum.
    c ○ … besucht mit vielen Leuten ein Konzert.
    d ① … macht ihr Handy aus.
    e ○ … fährt mit John ans Meer.
    f ○ … trinkt auf dem schönen Platz einen Cappuccino.
    g ○ … telefoniert mit Bea.
    h ○ … trifft Sprachkurs-Schüler aus aller Welt.
    i ○ … geht mit John zum Hafen.

2. Was hat Lena im Urlaub gemacht? Schreiben Sie die Sätze aus Übung 1 im Perfekt.

    1 Lena hat ihr Handy ausgemacht.
    2 Lena hat…

3. Endlich Urlaub! Was passt zusammen? Verbinden Sie.

    a durch Europa   1 lesen
    b ein Museum   2 haben
    c ein Buch   3 feiern
    d neue Leute   4 entspannen
    e Zeit   5 machen
    f im Meer   6 reisen
    g einen Ausflug   7 besuchen
    h im Park   8 kennenlernen
    i eine Party   9 baden

3 Brunos Krise

Bruno steht im Wohnzimmer und sieht aus dem Fenster.
Da! Sie kommt! Sie stellt ihr Rad neben die Garage und geht durch den Garten zur Haustür. In einer Hand hat sie eine volle Tüte, in der anderen Hand einige Papiere. Briefe oder so. Bruno hört den Schlüssel in der Tür. Schon ist sie im Flur, schaut kurz in den Spiegel und kommt ins Wohnzimmer.
„Hallo Liebling!", sagt sie zu ihm. „Du hier? Ich habe gedacht, du bist unterwegs."
Eine Frau kommt von der Arbeit nach Hause, hat noch eingekauft und begrüßt ihren Mann. Eigentlich alles ganz normal. Aber hier ist nichts normal. Gar nichts.
Ruhig, denkt Bruno, er muss jetzt ganz ruhig bleiben.
„Laura, ich muss mit dir sprechen."
Sie holt sich ein Glas Wasser aus der Küche. „Ich muss dir auch was sagen."

Was ist hier los? Bruno hat eine Krise. Eine Mega-Krise. Alles war gut. Er und Laura ein glückliches Paar. Gute Jobs, viele Freunde, ein tolles Haus. Sie ist Grafikerin, er arbeitet als Koch in einem sehr guten Hotel. Das Leben ist schön.
Vor zwei Monaten dann passiert die Katastrophe: Bruno wird arbeitslos. Das Hotel gibt keine Erklärung. Ein neuer Chef, eine neue Speisekarte, schon ist Bruno weg.
Bruno möchte sofort wieder arbeiten. Er sitzt stundenlang beim Arbeitsamt, er sucht Tag und Nacht im Internet, er ruft alte Kollegen an. Nichts! Keine guten Angebote, keine interessanten Stellen. Nicht hier in ihrer Stadt.
Laura bleibt optimistisch. „Du findest wieder was", sagt sie. „Alles wird gut. Geld ist kein Problem. Ich kann noch mehr arbeiten."

---

der Spiegel: dort sieht man sich selbst

die Katastrophe: großes Problem

optimistisch: positiv

Ihre gute Laune tut ihm gut. Sie hilft ihm. Seine Frau ist einfach wunderbar, denkt er.
Dann die böse Überraschung am letzten Montag: Bruno geht zu Lauras Büro, er will sie abholen und zum Essen einladen. Sie weiß das nicht. Sie sitzt in einem Café, mit einem Mann. Die beiden trinken ein Glas Wein und haben großen Spaß. Sie verstehen sich super. Das sieht man sofort.
Ein Kollege, ein Kunde?, meint Bruno zuerst.
Aber dann versteht er: Das ist Alex, Lauras Ex-Freund. Der schöne Alex. Der Topmanager. Er ist wieder da.
Bruno geht schnell nach Hause und kann es nicht glauben. Was ist hier los?
Am Abend sagt er nichts zu Laura. Er will zuerst sicher sein: Er sucht auf ihrem Handy, er sucht in ihrer Tasche. Am nächsten Abend wartet er wieder vor Lauras Büro.
Ergebnis nach drei Tagen: Laura und Alex telefonieren oft und treffen sich fast jeden Tag. Wie lange geht das schon so? Wer weiß? Einmal sitzen Laura und Alex zusammen vor einem Laptop. Planen die beiden eine Reise? Ist Laura schon weg? Bruno ist am Ende, die Geschichte macht ihn total fertig. Wie kann Laura so etwas tun?

Bruno will klarsehen. Jetzt sofort und ganz direkt.
„Laura, ich weiß alles", beginnt er.
Laura hat die Papiere auf den Tisch gelegt und steht neben ihm.
„Was weißt du?"
Natürlich, denkt er. Sie versteht nicht. Oder besser gesagt: Sie will nicht verstehen.
„Frag nicht so dumm! Deine Geschichte mit Alex. Ich weiß alles."
Sie sieht ihn erstaunt an und will ihre Hand auf seine Hand legen.
Aber er will diese Hand nicht.

---

die Überraschung: etwas Neues, nicht geplant

Ex-: nicht aktuell, früher

fertigmachen: Probleme machen

erstaunt: überrascht

„Wirklich?", fragt sie ganz ruhig. „Hat er dich schon …"
„Ja, wirklich", sagt Bruno. Unglaublich! Wie kann sie nur so kalt sein?
„Schade", lächelt sie. „Dann ist es keine Überraschung mehr. Aber … freust du dich denn gar nicht?"
Wie bitte, denkt Bruno, was soll das denn jetzt?
Sie legt ihren Arm um ihn.
„Ich weiß, du magst Alex nicht. Aber er hat wirklich alles gegeben. Zwei Wochen lang. Es war nicht leicht, aber er hat etwas Tolles gefunden."
Sie gibt ihm einen Kuss und zeigt auf die Papiere. „Hier sind alle Informationen. Du sollst dich morgen in diesem Restaurant vorstellen. Bruno, du bekommst den Job. Ganz sicher."

Und jetzt Sie!

1. Schreiben Sie das Gespräch.

    Am nächsten Tag stellt sich Bruno im Restaurant „Cisa" vor. Die Chefin hat viele Fragen. Antworten Sie für Bruno.

    Warum sind Sie Koch? Wo haben Sie bis jetzt gearbeitet? Was kochen Sie gerne? Wann wollen Sie arbeiten (Arbeitszeiten)?

2. Schreiben Sie einen kurzen Text.

    Nach dem Vorstellungsgespräch kommt Bruno nach Hause. Im Wohnzimmer steht Lauras Koffer. Was bedeutet das?

    „Laura? Bist du zu Hause?", ruft Bruno. …

---

unglaublich: man kann es nicht glauben

ÜBUNGEN

1. Arbeit, Arbeit, Arbeit. Lesen oder hören Sie die Geschichte und ordnen Sie zu.

   Job • Hotel • Arbeitsamt • Angebot • Koch • Kollegen • Krise • Manager • Papiere • Restaurant • Stelle • Grafikerin

   a Bruno ist traurig. Er hat eine Mega-_____.
   b Er ist _____ und hat im _____ gearbeitet.
   c Aber plötzlich hat er keinen _____ mehr.
   d Also sucht er eine neue _____ und geht zum _____.
   e Aber es gibt kein interessantes _____.
   f Er ruft auch alte _____ an. Aber nichts!
   g Seine Frau Laura ist _____. Sie will Bruno helfen.
   h Ihr Ex-Freund Alex ist _____ und hat viele Kontakte.
   i Laura gibt Bruno _____ mit allen Informationen.
   j Bruno kann sich morgen in einem _____ vorstellen.

2. Dativ oder Akkusativ: „ihm" oder „ihn", „ihr" oder „sie"? Ergänzen Sie.

   a Bis jetzt war Bruno glücklich mit Laura. Er liebt _____ sehr.
   b Laura ist wunderbar. Sie hilft _____ immer.
   c Aber jetzt gibt es ein Problem. Er muss _____ etwas fragen.
   d Bruno wartet zu Hause. Laura kommt und begrüßt _____.
   e Auch sie will _____ etwas sagen.
   f Was ist passiert? Bruno hat _____ gestern im Café gesehen.
   g Mit einem Mann! Bruno kennt _____: Alex, Lauras Ex-Freund!
   h Laura kann Bruno alles erklären. Sie zeigt _____ die Papiere.
   i Alles ist wieder gut. Bruno gibt _____ einen Kuss.

4 Schwimmen

Niemand hier? Das kann doch nicht sein!
Frau Zander sieht auf die Uhr. Genau 17 Uhr, Beginn des
Schwimmtrainings … Aber wo sind die Schüler? Was ist hier los?
Sie öffnet die Tür zum Schwimmbad und geht zum Becken.
Oh nein, denkt sie, die Schüler mögen mich nicht. Wie furchtbar!
Schon nach zwei Wochen haben sie keine Lust mehr und bleiben
zu Hause. Die Direktorin Frau Butt findet das sicher gar nicht
gut. Frau Zander hat ein Problem!
Sie ist neu an der Schule. Sie ist jung. Das Bach-Gymnasium ist
ihre erste Stelle als Lehrerin. Eigentlich unterrichtet sie Biologie
und Mathematik. Aber die Schule bietet nachmittags noch
Hobbykurse an: Theater, Tanzen, Musik usw.
„Machen Sie gerne Sport?", hat Frau Butt sie gefragt.

---

das Becken: dort
schwimmt man

furchtbar: sehr
schlimm

usw.: und so weiter

Eine persönliche Frage! Frau Zander hat sich gefreut und sofort geantwortet: „Ja! Also, ich spiele gerne Tennis, aber ich mag auch Volleyball. Ich liebe Wandern, auch Schwimmen gefällt mir …"
„Schwimmen? Wunderbar!", hat die Direktorin gerufen. „Ich suche noch eine fitte Kollegin für die Hobby-Schwimmgruppe. Wir haben viele tolle Schwimmer an unserer Schule. Das Training ist jeden Dienstag von 17 bis 18 Uhr. Passt das?"
Na ja, eigentlich passt das nicht. Frau Zander ist keine Schwimmlehrerin und der Dienstag ist ihr freier Tag … Aber natürlich hat sie „Ja" gesagt.
Bis jetzt war zweimal Training. Mit vielen Teilnehmern, fast zwanzig Schüler waren da. Es hat auch gut geklappt: Zuerst haben sie ein bisschen Yoga gemacht, dann einige Schwimmübungen und am Ende haben sie noch Wasserball gespielt. Den Schülern hat es Spaß gemacht, hat sie geglaubt. „Tschüs, Frau Zander, bis zum nächsten Mal", haben alle gesagt.
Und jetzt das! Keiner da! Warum? Eine falsche Information? Am Wochenende hatte sie Fieber und Kopfweh. Deshalb war sie gestern nicht in der Schule, aber schon am Nachmittag hat sie die Sekretärin angerufen: „Es geht schon wieder", hat sie gesagt. „Sehr gut", hat sich Frau Hering gefreut. „Wir brauchen Sie."
Heute Morgen war Frau Zander noch bis elf Uhr im Bett, aber jetzt ist sie wieder ganz gesund. Auf das Training hat sie sich wirklich gefreut.

Frau Zander bleibt stehen und sieht ins Wasser. Es ist so wunderbar blau, aber auch so ruhig, so leer. Die Gruppe hat das Training langweilig gefunden. Das doofe Yoga, die schweren Übungen … Vielleicht ist sie einfach keine gute Lehrerin. Vielleicht finden die Schüler ihren Matheunterricht genauso furchtbar.
17 Uhr 20. Immer noch kein Mensch.

---

fit: sportlich

es klappt:
es geht gut

doof: dumm, uncool

Ich gehe, denkt Frau Zander, jetzt kommt niemand mehr.
In diesem Moment öffnet sich die Tür und … Frau Butt steht vor ihr. Oh nein, auch das noch!
„Frau Zander, was machen Sie denn hier?", fragt die Direktorin erstaunt, aber freundlich.
„Also … na ja, das Schwimmtraining, aber …"
„Schwimmtraining? Heute? Aber Frau Zander! Welcher Tag ist heute? Das wissen Sie doch, oder?"
„Klar", sagt Frau Zander unsicher. „Dienstag. Es ist doch Dienstag?"
„Ja, Dienstag, aber welches Datum?"
„Na ja, heute ist der zweite … nein, der dritte Oktober, oder?"
„Genau, und was heißt das?" Die Direktorin antwortet gleich selbst: „Tag der Deutschen Einheit. Kein Unterricht, Feiertag."
„Ach ja, natürlich! Wie dumm von mir", sagt Frau Zander. „Wie kann ich das nur vergessen! Kein Unterricht, klar."
„Deshalb bin ich hier", lacht Frau Butt. „Ich will mal in Ruhe ein Stündchen schwimmen. Machen Sie mit?"
„Ja, warum nicht", sagt Frau Zander. „Sehr gerne."
„Prima." Schon holt die Direktorin ihre Schwimmbrille aus der Sporttasche. „Ach, noch etwas, Frau Zander: Ich habe nur Gutes über Ihr Training gehört. Die Schüler finden es ganz, ganz toll."

Und jetzt Sie!

Schreiben Sie einen kurzen Text.

Sie sind in einer Situation wie Frau Zander: Sie sind ganz allein. Sie verstehen das nicht. Aber am Ende gibt es eine Erklärung:

Ich gehe ins Büro / ins Stadtzentrum / zum Bahnhof / …

Aber warum ist niemand da? Was ist hier los? … In

diesem Moment …

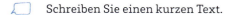

erstaunt: man hat das nicht gedacht

Tag der Deutschen Einheit: deutscher Nationalfeiertag (3.10.)

die Schwimmbrille: Brille für das Wasser

ÜBUNGEN

▶ 04 1. Was ist richtig? Lesen oder hören Sie die Geschichte und kreuzen Sie an.

a Frau Zander denkt: Die Schüler ...
1 ○ kommen später.
2 ○ haben ein Problem mit Frau Butt.
3 ○ finden das Training nicht gut.

b Frau Zander ist ...
1 ○ neu am Bach-Gymnasium.
2 ○ auch Direktorin der Schule.
3 ○ schon lange Lehrerin.

c Frau Zander ist Lehrerin für ...
1 ○ Musik und Mathematik.
2 ○ Biologie und Mathematik.
3 ○ Sport und Tanz.

d Frau Zander spielt privat gerne ...
1 ○ Theater.
2 ○ Tennis.
3 ○ Wasserball.

e Das Training bis jetzt:
1 ○ Sie haben nicht im Wasser trainiert.
2 ○ Nur wenige Schüler waren da.
3 ○ Sie haben auch Yoga gemacht.

f Frau Zander ist jetzt ...
1 ○ sehr müde.
2 ○ wieder gesund.
3 ○ immer noch krank.

g Frau Butt ...
1 ○ hat den Feiertag auch vergessen.
2 ○ will Frau Zander abholen.
3 ○ will Sport machen.

2. Was passt zusammen? Finden Sie noch fünf Wörter und ergänzen Sie mit Artikel. Tipp: Alle Wörter sind im Text.

-brille   -ball   -tür   -bett   -training   -gruppe
-tennis   -bad   **Schwimm-**   -weh   -gymnasium
                          -lehrerin   -übung

die Schwimmbrille, ...

▶ 05 ## 5 Die zweite Erde

Es ist ein ganz normaler Tag. Die Menschen stehen auf, frühstücken, lesen Nachrichten, hören Radio und gehen aus dem Haus: in die Schule, zur Universität, zur Arbeit. Die Straßen sind voll: Viele Autos, Busse und Fahrräder sind unterwegs. Das Wetter ist gut, ein schöner Herbsttag beginnt. Noch ist es dunkel, aber bald kommt die Sonne. Alles ganz normal. Noch. Dann passiert es: Die Sonne ist jetzt da, aber nicht nur die Sonne. Viele Menschen sehen es sofort: Über ihnen steht plötzlich ein großes Ding. Wie der Mond, aber viel, viel größer. Immer mehr Leute sehen es. Sie bleiben stehen, steigen aus ihren Autos aus, kommen aus ihren Häusern. Alle stehen auf der Straße und sehen nach oben.
Was ist das? Ist das eine Täuschung, so wie ein Regenbogen? Vielleicht ist es gleich wieder weg, das möchten die meisten. Aber nein. Man kann das Ding sogar immer besser sehen. Es ist blau und weiß. Wie Wasser und Land. Wie die Erde. Seltsam. Was ist das?
Jetzt kommt die Nachricht überall: im Radio, im Fernsehen und in den sozialen Medien. Es gibt noch keine Erklärung, auch keine genauen Informationen. Die Polizei rät: Weiter! Die Leute sollen weiterfahren, weitergehen, weiterarbeiten. Ganz ruhig! Keine Angst! Ein Spezial-Team aus Wissenschaft und Politik ist schon aktiv. Die Polizei ist auf alles vorbereitet.
Die Menschen machen also weiter, aber immer mit dem Blick zum Himmel. Hilft vielleicht die Nacht? Einmal schlafen und das Ding ist weg …
Am nächsten Morgen sehen alle sofort aus dem Fenster. Es ist noch dunkel, alle warten nervös … Aber nein, das Ding ist immer noch da. Genau wie gestern. Blau und weiß. Wie Wasser und Land.

der Mond:	die Täuschung:	die Erde:	die Wissenschaft:
scheint nachts am Himmel	etwas ist nicht wirklich da	wir leben alle auf ihr	die Arbeit an der Universität

Das Land dort sieht fast so aus wie hier: Man sieht etwas wie Afrika, wie Asien, wie Europa. Was bedeutet das alles? Ruhig bleiben. Weitermachen, weitergehen, weiterarbeiten. Keine Angst!

Auch am nächsten Tag gibt es zuerst nichts Neues: Das Ding steht immer noch am Himmel. Langsam wird klar: Das Ding geht nicht mehr weg. Das Ding ist einfach da.

Im Fernsehen gibt es jetzt endlich Bilder. Mit Superkameras sieht man das Ding viel größer und besser als mit dem Auge. Man kann nun Wälder, Seen und Berge erkennen. Sehr interessant. Alles sieht ganz freundlich und ruhig aus.

„Gute Nachrichten", sagt ein Wissenschaftler im Fernsehen. „Wir sehen im Moment kein Problem."

Die Bilder werden immer besser. Am nächsten Tag gibt es eine große Neuigkeit: Die Superkameras haben Städte gefunden. Städte! Jetzt wird es noch interessanter.

Schon können es alle sehen: Häuser, Straßen und … Menschen! Menschen wie du und ich. Sie laufen auf der Straße, fahren Fahrrad, gehen in Büros, sitzen in Cafés. Sie essen, trinken, sprechen, lachen. So wie wir hier. Aber … was heißt das alles? Endlich gibt es ein Live-Interview im Fernsehen. Ein Politiker will die Situation erklären und Fragen von Journalisten beantworten.

„Wir haben nun ein erstes Ergebnis. Eine echte Sensation: Dieses Ding am Himmel ist genau wie unsere Welt. Wie eine Kopie. Ja, man kann fast sagen: Es ist eine zweite Erde! Die Menschen sehen aus wie wir, sie leben wie wir. Alles ist gleich.

„Alles?", fragt eine junge Journalistin. „Wirklich alles?"

„Nun, …", sagt der Politiker langsam, „es gibt einen Unterschied. Wir sind noch nicht ganz sicher. Also, natürlich gibt es auch dort Probleme. Aber … wir haben dort bis jetzt noch keine großen Konflikte oder Krisen entdeckt. Es gibt dort keine Kriege.

| die Neuigkeit: eine neue Information | die Sensation: eine tolle Neuigkeit | der Konflikt: Probleme zwischen zwei Gruppen | der Krieg: großer Konflikt zwischen zwei Ländern |

Wir haben auch keine Katastrophen wie Hunger oder Armut gefunden. Auch das Klima ist in Ordnung. Also ... unsere neuen Nachbarn haben diese Probleme nicht."

Einen Moment ist alles still. Niemand sagt etwas. Nicht der Politiker, nicht die Journalisten, nicht die Menschen zu Hause vor den Fernsehern.

Wie bitte? Eine Welt ohne Konflikte, ohne Armut?

„Aber wie ...", fragt jetzt die junge Journalistin, „wie ist das möglich? Wie machen die das?"

Wieder Stille. Alle wollen das wissen. Alle.

„Das ...", antwortet der Politiker, „das wissen wir leider nicht. Wir haben gesucht und gesucht, aber wir haben keine Antwort bekommen."

Er sieht in die Fernsehkameras.

„Wir wissen jetzt nur: Es geht. Es ist möglich", sagt er leise und er sieht nicht glücklich aus.

Und jetzt Sie!

1. **Schreiben Sie einen kurzen Text.**

   Haben Sie eine Nachricht an die „zweite Erde"? Schreiben Sie einen kurzen Brief.

   <u>Hallo neue Nachbarn, wir können euch sehen. Wir haben viele Fragen. ... Viele Grüße ...</u>

2. **Schreiben Sie einen kurzen Text.**

   Was können wir alle für eine bessere Erde tun?

   <u>Wir können nicht so viel Auto fahren / nicht so viel fliegen ...</u>

   <u>Man kann soziale Projekte organisieren. ...</u>

---

die Katastrophe: sehr großes Problem

die Armut: viele Leute haben sehr wenig Geld

das Klima: das Wetter auf der Erde

die Nachbarn: sie wohnen neben dir

ÜBUNGEN

05 1. Was ist richtig? Lesen oder hören Sie die Geschichte und kreuzen Sie an.

a Die Geschichte beginnt an einem schönen Sommertag. ○
b Die Sonne ist plötzlich weg. ○
c Das Ding am Himmel ist so groß wie der Mond. ○
d Die Leute sind nicht glücklich über das neue Ding. ○
e Die Polizei sagt: „Bitte gehen Sie alle nach Hause." ○
f Es gibt auch Berge auf dem neuen Ding. ○
g Die Städte dort kann man nur mit Kameras sehen. ○
h Die Menschen dort sehen aus wie hier. ○
i Der Politiker sagt: Die „zweite Erde" hat große Probleme. ○

2. Was passt zusammen? Verbinden Sie.
Tipp: Alle Paare stehen im Text.

~~der Tag~~ • ~~das Wasser~~ • der Himmel • ~~blau~~ • der Politiker • die Frage • die Journalistin • die Natur • arm • die Nacht • ~~das Land~~ • die Antwort • reich • die Erde • ~~weiß~~ • die Stadt

das Wasser und das Land, blau und weiß, der Tag und …

3. Finden Sie den Plural.
Tipp: Alle Wörter stehen im Text.

a der Mensch, die _Menschen_
b das Auto, die _____
c der Bus, die _____
d das Fahrrad, die _____
e das Haus, die _____
f die Information, die _____
g das Bild, die _____
h die Kamera, die _____
i der Wald, die _____
j der See, die _____
k der Berg, die _____
l die Stadt, die _____
m die Straße, die _____
n das Büro, die _____
o das Café, die _____
p die Krise, die _____
q das Problem, die _____

6 Noras Nachricht

Jan Klamm steht vor der Haustür und sieht auf die Uhr. Schon fast acht. Er kommt zu spät. Viel zu spät!
Nora wartet schon fast eine Stunde. Sicher ist sie traurig. Und sicher auch sehr sauer.
Ich bin so dumm, denkt Jan, ich bin wirklich ein Idiot.
Nein, er hat ihren 55. Geburtstag nicht vergessen. Er hat ihr heute Morgen sofort gratuliert. Er hatte sogar ein Geschenk. Einen Kalender. Okay, das ist kein sehr tolles Geschenk. Aber ein Geschenk. Und er hat Nora etwas versprochen.
"Liebling, heute Abend gehen wir aus. Ich lade dich ein."
Ja, das hat er versprochen. Er will sie einladen. Also, nicht ins Theater. Da hat er keine Lu… äh … keine Zeit. Aber zum Essen in sei… äh … in ihre Lieblingspizzeria.
"Um Punkt sieben bin ich da. Und danach können wir noch spazieren gehen oder so. Ist das nicht schön?"
Nora hat ihn mit großen Augen angesehen.
"Wirklich? Ich meine … hast du auch Lust?", hat sie gefragt.
"Aber natürlich", hat er gelacht und hat ihr einen Kuss gegeben. Dann ist er schnell in die Firma gefahren. Es gibt heute viel Arbeit.
Das ist wirklich ein guter Plan, hat er gedacht. Er muss Nora mal wieder eine Freude machen. Sie hat ihr Büro zu Hause und ist oft den ganzen Tag allein. Das muss langweilig sein. Natürlich hat sie ein paar Freundinnen. Ihre "Mädels". Aber sie machen nicht viel. Mal telefonieren, mal zusammen einkaufen. Das ist alles. Heute soll Nora ein bisschen Spaß haben! Jan kann auch ein paar Blumen kaufen. Nora liebt Blumen.

---

der Idiot:	versprechen: etwas	die Freude:	die Mädels:
dumme	sagen und es auch	wenn man	Frauen,
Person	sicher machen	sich freut	Freundinnen

Und nun das! Also, er hat es nicht vergessen. Sicher nicht.
Aber er hatte heute wirklich viel Stress im Büro. Sie haben eine
große Arbeit fertig gemacht. Am Ende hat sein Chef gesagt:
„So, jetzt trinken wir noch etwas zusammen." Der Chef! Da
kann Jan natürlich nicht „Nein" sagen! Ein Bierchen im Büro,
kein Problem. Aber der Chef hat das Team in die Kneipe unten
eingeladen. Ein Bier und noch ein Bier und … Plötzlich war es
halb acht! Schnell zum Auto! Auto? Oh nein, zu viel Bier …
also zu Fuß. Blumen? Zu spät …
Jan öffnet die Tür und geht ins Haus.
Aber Pizza essen, das ist noch möglich. Schnell! Er muss sich
bei Nora entschuldigen und dann geht's los. Alles wird gut!
Er steht im Wohnzimmer. Niemand ist da.
„Nora?"
Keine Antwort.
Oh nein, denkt Jan. Zu spät. Auch für die Pizza. Nora hat
gewartet und gewartet und nun ist sie weg. Aber warum hat
sie nicht angerufen? Er sieht auf sein Handy. Aus. Er hat es
ausgemacht. Er ist wirklich ein Idiot.
Klar: Nora hat gewartet und gewartet, traurig und immer
trauriger und dann ist sie … Natürlich! Zu ihrer Mutter. Mama
Luise. Das ist gar nicht gut für Jan. Mama Luise mag ihn nicht.
Sicher sitzen die beiden Frauen jetzt zusammen und sprechen
schlecht über Jan. Na ja, heute haben sie ja ein bisschen recht …
Was soll er tun? Er muss Nora anrufen. Jetzt sofort! Vielleicht
ist ein Happy End noch möglich. Auch mit Schwiegermutter.
Jan macht sein Handy an: eine neue Nachricht. Von Nora!
Ein Text? Komisch, normalerweise spricht sie immer auf die
Mailbox. Was heißt das? Ist vielleicht etwas passiert?

> Liebling, ich bin mit den Mädels unterwegs. Sie haben mich auf
> einen Cocktail eingeladen. Es wird spät, wir gehen noch feiern. Deine
> Pizza dann vielleicht morgen. Oder übermorgen. Schönen Abend.

die Kneipe:	das Happy	die Schwiegermutter:	komisch:
einfaches Lokal	End: gutes Ende	die Mutter vom Ehemann / von der Ehefrau	nicht normal

Wunderbar, denkt Jan glücklich. Alles ist gut! Nora hat gewartet und gewartet, aber dann sind ihre Freundinnen gekommen. Diese super Mädels! Nora ist nicht zu böse und sie hat ein bisschen Spaß. Also doch ein Happy End!
Fröhlich holt Jan ein Bier aus dem Kühlschrank, legt sich aufs Sofa und liest die Nachricht noch einmal. Wann hat Nora das geschrieben? Er liest die Uhrzeit: 18 Uhr 20.

Und jetzt Sie!

1. **Schreiben Sie ein kurzes Gespräch.**

    Am nächsten Morgen frühstücken Nora und Jan zusammen.

    Jan: Nora, gehen wir heute Abend Pizza essen? Hast du Lust?

    Nora: ...

2. **Schreiben Sie einen kurzen Text.**

    Sie haben Geburtstag. Was möchten Sie gern machen? Wo? Mit wem?

    Ich möchte gerne ...

3. **Schreiben Sie einen kurzen Text.**

    Sie machen eine Geburtstagsparty. Schreiben Sie eine Einladung an Ihre Freunde mit allen wichtigen Informationen: Wann? Wo? Was machen? ...

    Einladung

    Liebe/r ....,

    ich lade dich sehr herzlich zu meinem Geburtstag ein.

ÜBUNGEN

06 1. Was ist richtig? Lesen oder hören Sie die Geschichte und kreuzen Sie an.

   a Jan hat Nora zum Geburtstag gratuliert. ○
   b Jan hat Nora am Morgen nichts geschenkt. ○
   c Jan will Nora ins Theater einladen. ○
   d Nora hat keine Freundinnen. ○
   e Jan geht nach der Arbeit in eine Kneipe. ○
   f Jan geht heute zu Fuß nach Hause. ○
   g Jan ruft Nora an, aber sie antwortet nicht. ○
   h Jan denkt zuerst: Nora ist bei Luise. ○
   i Jan freut sich über Noras Nachricht. ○
   j Nora hat zu Hause lange auf Jan gewartet. ○

2. Was passt nicht? Streichen Sie durch.

   a **Geburtstag:** gratulieren – einladen – schenken – ausmachen
   b **Telefon:** anrufen – sprechen – sitzen – eine Nachricht schicken
   c **Firma:** die Arbeit – die Blumen – der Stress – der Chef
   d **Freizeit:** die Pizzeria – die Kneipe – das Büro – das Theater
   e **Freundinnen:** vergessen – telefonieren – feiern – einkaufen

3. Ergänzen Sie das Verb oder das Nomen mit Artikel.
   Tipp: Alle Wörter stehen im Text.

   a die Einladung _____   g schenken _das Geschenk_
   b die Feier _____   h essen _____
   c der Einkauf _____   i küssen _____
   d das Getränk _____   j arbeiten _____
   e der Anruf _____   k sich freuen _____
   f das Gespräch _____   l antworten _____

07 7 Die Reise nach Florenz

„Komm schnell! Der Bus steht schon da."
„Ich möchte aber gerne noch einen Espresso trinken."
„Bist du sicher?" Markus sieht auf die Uhr. „Du hast nur fünf Minuten."
„Na also!" Katrin bleibt einfach sitzen.
„Wie du meinst. Aber wir müssen diesen Bus nehmen. Der nächste ist schon zu spät. Unser Flug geht um 16 Uhr." Er nimmt seinen Koffer. „Also, ich gehe schon. Ich brauche keinen Espresso, aber ich will einen Sitzplatz. Ganz hinten, dann kann ich noch Fotos machen."
Katrin bestellt einen Espresso. Der Kellner lächelt und geht sofort an die Kaffeemaschine. Schon steht die kleine Tasse vor Katrin. Wunderbar! Sie genießt die kleine Pause und sieht aus dem Fenster. Sie sieht die Bushaltestelle und den großen Platz vor dem Bahnhof: Motorräder, Autos, viele Menschen. Nicht sehr schön und sehr laut, aber doch … Florenz. Katrin hört den Leuten im Café zu. Italienisch.
Katrin liebt diese Sprache, diese wunderbare Melodie.

---

lächeln: freundlich sein

genießen: etwas schön finden

die Melodie: Musik

„Bist du sicher?" Wie oft hat er das gefragt? 50-mal? 100-mal?
Sie kennen sich erst seit zwei Monaten. Sie sind noch nie
zusammen gereist. Zwei Tage waren sie hier. Ein Wochenende.
Länger kann er nicht. Am Montag muss er wieder in München
sein. „Ich mache einen guten Plan", hat er gesagt. „Dann sind
zwei Tage genug". Sein guter Plan, das sind Reise-Tipps aus dem
Internet. Genauer gesagt: zwei Top-10-Listen „Best of Florence".
Eine für Kultur, eine für Restaurants.
„Das müssen wir machen, dann kennen wir Florenz", hat er
gemeint. Sie haben fast alles gemacht. Sie haben alle wichtigen
Kirchen „gemacht", den Markt, die Uffizien.
Danach macht er immer einen Punkt auf die Liste. Erledigt.
Er hat auch viele Fotos gemacht. „Das können wir dann zu
Hause ansehen. Komm, weiter!" Auch einige Selfies: „Komm,
Katrin, wir beide auf der Brücke. Das wird ein schönes Bild."
Katrin stört manchmal den Plan. Zum Beispiel will sie über
diese Brücke gehen und in diese kleinen, dunklen Straßen
laufen. Er findet das nicht so gut. Das steht nicht auf der Liste.
Kein Top-10-Punkt.
„Na und?", sagt sie. „Ich will das sehen."
„Bist du sicher?"
Bist du sicher? Nein, sie ist nicht sicher. Sie war noch nie hier.
Aber so ist Reisen. Reisen bedeutet Überraschungen. Nichts
ist sicher. Das ist doch das Schöne! Katrin muss hier nichts
erledigen, sie will die Reise einfach genießen. Ganz entspannt.
Katrin mag diesen kleinen Platz: ein einfaches Hotel mit Café,
„Al limone", eine weiße Kirche, Zitronenbäume. Ein paar Leute,
nur wenige Touristen.
Hier will sie einen Cappuccino trinken. Genau hier und genau
jetzt. Ja, ganz sicher. Sie spricht ein bisschen mit dem Kellner,
er findet ihr Italienisch wunderbar. Beide lachen. Markus
versteht nichts und trinkt auch nichts. Er mag das gar nicht.

die Uffizien:	erledigen:	stören:	die Überraschung:
berühmtes Museum in Florenz	eine Aufgabe fertig machen	Probleme machen	etwas Neues, nicht geplant

Das macht ihn nervös. Dieses Gespräch und diese Pause:
Das war so nicht geplant und ist auch gefährlich. Diese Männer
da auf dem Platz ... Achtung! Katrin soll lieber auf ihre Tasche
achten.
Und der Kellner? Markus zahlt und zählt das Geld genau.
Sicher ist sicher. „Schnell zurück ins Zentrum! Den Dom
schaffen wir noch."

Sie haben viel geschafft. Nicht alles, aber viel. Heute Vormittag
noch ein Museum und ein Restaurant. Alles von der Liste.
Wahrscheinlich ist Markus zufrieden mit der Reise. Jetzt noch
der Flug zurück und alles ist gut.
Katrin sieht zur Haltestelle. Immer mehr Leute steigen in den
Bus ein. Katrin legt das Geld neben die Tasse, nimmt ihren
Rucksack und geht nach draußen. Die Bustür ist noch offen.
Der Fahrer startet den Motor. Er sieht Katrin vor dem Bus
stehen. Er wartet einen Moment, dann hat er verstanden.
Langsam schließt sich die Tür. Der Bus fährt los.
Katrin geht langsam über die Straße. Sie denkt an das kleine
Hotel. „Al limone". Es gibt jeden Morgen einen Zug nach München.
Sie hat noch drei Tage frei. Frei!

Und jetzt Sie!

 1. **Schreiben Sie ein kurzes Gespräch.**

Drei Minuten später ruft Markus an:

Markus: Katrin! Wo bist du? Bist du verrückt? ...

Katrin: Ganz ruhig, Markus. Ich ...

2. **Schreiben Sie einen kurzen Text.**

Katrin hat noch drei Tage Zeit. Was macht sie?

Zuerst geht Katrin ... Am Abend ...

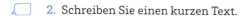

| der Dom: sehr große Kirche | wahrscheinlich: fast sicher | der Rucksack: Reisetasche (für den Rücken) | der Motor: die Maschine in einem Auto / Bus ... |

ÜBUNGEN

1. **Katrin oder Markus? Was passt? Lesen oder hören Sie die Geschichte und ordnen Sie zu.**

   der Espresso • der Koffer • entspannt • die Fotos • Achtung! • der Zug • die Überraschung • erledigen • langsam • Italienisch sprechen • planen • die Liste • schnell • lachen • der Flug • genießen • nervös • der Rucksack

   Katrin: ....

   ....

   Markus: ....

   ....

2. **Was passt? Ergänzen Sie das Verb in der richtigen Form.**

   können • müssen • wollen

   a Markus .... nur zwei Tage in Florenz bleiben.
   b Am Montag .... er wieder arbeiten.
   c Er .... im Bus hinten sitzen. Dann .... er Fotos machen.
   d Katrin .... ein bisschen Italienisch.
   e Sie .... Florenz genießen. Sie .... hier nichts erledigen.
   f Sie .... auch mit dem Zug zurückfahren. Kein Problem!

3. **In Markus' Plan fehlen einige Buchstaben. Ergänzen Sie die Buchstaben und die Artikel.**

   .... afé → .... Rest............ nt → .... Mu............ m → .... Do............
   → .... B............ cke → .... atz → .... H............ el, → .... B............ nhof
   → .... Hal............ elle → .... Kir............ e → .... Str............ e
   → .... Ma............ t

8 Frau Moll ist weg

Emma sitzt traurig auf dem Bett in ihrem kleinen Zimmer. Sie sieht auf ihr Smartphone: keine Nachrichten. Nur Frau Moll hat dreimal angerufen. Was will die denn? Na ja, egal. Emma legt ihr Handy weg, macht Musik an und sieht aus dem Fenster. Es regnet und es ist sehr kalt. Und seit gestern ist auch noch die Heizung kaputt.

Vor sechs Wochen hat Emma ihr Studium hier begonnen. Biologie in Göttingen, der bekannten Universitätsstadt. Ein Traum! Emma war so glücklich. Wie hat sie sich auf ihr Studentenleben gefreut: in einer coolen WG wohnen, neue Leute kennenlernen, viele schöne Dinge machen.

Und nun sitzt sie alleine zu Hause. An einem Freitagabend! Eigentlich hat alles gut angefangen: Nur mit der WG hat es leider nicht geklappt. Nicht im Studentenwohnheim und auch nicht privat. Aber sie hat dieses Zimmer bei Frau Moll gefunden. Frau Moll ist eine ältere Dame, so um die 70 und lebt alleine.

WG (Wohngemeinschaft): dort wohnen Leute zusammen

es hat geklappt: es ist gut gegangen

das Studentenwohnheim: ein Haus für Studenten

Manchmal lädt sie Emma zu Kaffee und Kuchen ein. Natürlich ist das nicht so spannend wie eine WG. Auch Frau Moll weiß das. Einmal hat sie Emma in den Arm genommen: „Kopf hoch, Mädchen. Die Partys kommen schon noch. Und alles andere auch." Wirklich lieb, die Frau Moll. Und das Zimmer ist günstig und liegt im Stadtzentrum.

Kein Problem, hat Emma am Anfang gedacht, meine neuen Freunde kann ich ja in der Stadt treffen: in den Cafés, Parks und Kinos.

Tja, aber welche neuen Freunde? So leicht ist das nicht. Natürlich ist Emma in den Kursen mit vielen Leuten zusammen. Man redet in der Pause oder isst zusammen in der Mensa. Aber das war bis jetzt alles. Viele Studenten haben schon ihre feste Clique und interessieren sich nicht sehr für die „Neuen". Oder sie wohnen gar nicht in Göttingen und fahren nach der Uni gleich nach Hause. Am Wochenende sind viele gar nicht da. Also waren Emmas Wochenenden bisher sehr still. Und dieses wird sogar noch stiller! Auch Frau Moll ist weg. Sie besucht ihre Schwester in Freiburg.

„Da ist es immer sehr lustig … und schön warm", hat Frau Moll gestern Abend gelacht. Dann hat sie ihre Hand auf Emmas Arm gelegt „Emma, das mit der kaputten Heizung tut mir leid. Aber die funktioniert bald wieder. Ganz sicher."

Lustig und warm … das wünscht sich Emma auch. Was kann sie jetzt machen? Alleine ins Kino gehen? Wie langweilig! Oder im Café auf einen Zufall warten? Nein, das macht auch keinen Spaß. Na ja, eine Studentin hat ihr noch einen Tipp gegeben: die Freizeit-App „Speedy", speziell für Studierende. „Da findest du immer Leute für Sport oder Kultur", hat sie gesagt. Aber Emma mag das nicht. So eine App, das ist nicht ihr Ding. Im Bett bleiben und mit ihren alten Freundinnen skypen? Aber dafür ist sie doch nicht in Göttingen!

---

spannend:	die Mensa:	die Clique:	der Zufall: nicht
interessant, toll	Restaurant in der Uni	Gruppe von Freunden	geplant

Na ja, zuerst mal einen Tee trinken. Emma steht langsam auf. In diesem Moment hört sie Schritte. Schritte hier in der Wohnung? Schnell macht sie die Musik aus. Ja, ganz sicher: Sie hört die Schritte ganz klar. Wer ist das? Ist Frau Moll schon zurück? Nein, Emma kennt Frau Molls Schritte. Diese hier sind laut, schwer … und sie sind schon auf dem Flur, genau vor Emmas Zimmer!

Was tun? Aus dem Fenster klettern und die Polizei anrufen? Ganz ruhig, denkt Emma, und hört weiter an der Tür. Die Schritte sind jetzt in der Küche. Krrrr! Jemand stellt den großen Tisch zur Seite.

Was heißt das alles? Emma will es wissen. Sie öffnet die Tür und sieht auf den Flur. Niemand. Langsam geht sie zur Küche. Da ist jemand, ganz klar. Wieder hört sie etwas. Jemand sucht etwas, in einer Tasche oder Tüte.

„Hey, wer sind Sie? Was machen Sie da?", ruft Emma.

Der junge Mann sieht sie erstaunt an. Er sitzt auf dem Boden vor dem kleinen Schrank am Fenster, neben ihm steht eine Tasche. Er hat etwas in der Hand.

„Ach, Sie müssen Emma sein", sagt er freundlich, „Tante Rosa hat mir von Ihnen erzählt." Er lächelt. „Nur Gutes natürlich."

„Wie … was …?" Emma versteht gar nichts.

Der Typ steht auf und gibt ihr die Hand. „Hallo, ich bin Theo. Sie hat Sie doch informiert, oder?"

„Nein, ich weiß gar nichts … Wer …"

„Ach so. Also, ganz einfach: Ich bin der Neffe von Rosa … also von Frau Moll. Sie hat mich heute Morgen angerufen. Die Heizung ist kaputt, ich soll kommen und alles reparieren." Er lacht herzlich.

„‚Heute noch, es ist wichtig', hat sie gesagt, ‚ich bin nicht da, aber meine liebe Mieterin Emma. Und ihr ist es kalt. Sehr kalt.'"

„Ach so, jetzt verstehe ich", sagt Emma und muss auch lachen.

| erstaunt: das hat er nicht gedacht | lächeln: etwas freundlich sagen | der Typ: der Mann | der Neffe: Sohn von der Schwester / dem Bruder |

„Ich hatte keine Ahnung! Ich habe nur diese Schritte gehört. Das war wirklich schlimm."
„Oh nein! Das tut mir total leid. Das habe ich nicht gewollt." Er zeigt auf den Herd. „Ich habe mir gerade einen Tee gemacht, den wunderbaren Tante-Moll-Apfeltee. Gut gegen die Kälte, gut für das Herz. Möchten Sie?"
„Oh, gerne, den kann ich jetzt brauchen. Wir können uns duzen, oder?"
„Klar", sagt Theo und holt zwei Tassen aus dem Schrank.
„Und du bist also Heizungsspezialist?", fragt Emma.
Theo lacht schon wieder. „Nein, gar nicht. Ich bin Krankenpfleger. Hier im Krankenhaus. Aber für Rosa bin ich fast alles: Privatsekretär, Taxifahrer, Fahrradmechaniker. Heizungsspezialist ist etwas Neues. Den hat sie noch nie gebraucht. Aber ich mache das gerne. Tante Rosa ist super."
Er sieht Emma an. „Und du? Du bist neu hier in Göttingen, oder? Wie gefällt dir die Stadt mit all ihren Cafés, Clubs und Kneipen?"
„Na ja, ich habe hier noch nicht viel gesehen. Ich war …"
„Aber im ‚Havanna' warst du doch sicher schon. Das ist ja sehr beliebt bei Studenten."
„Ich habe das gehört. Aber ich war noch nie dort."
„Aber du gehst doch gerne aus, oder?"
„Klar, aber ich kenne noch nicht viele Leute hier. Fast niemanden."
Er sieht sie lange an, dann lächelt er. „Sorry, Emma. Aber so geht das nicht weiter. Du musst mal raus."
„Ja, schon, aber …"
„Also, ich gehe heute Abend mit Freunden auf die Party von einer Kollegin. Und danach gehen wir noch tanzen ins ‚Havanna'. Was ist? Hast du Lust? Kommst du mit?"
„Au ja, sehr gerne. Ich meine, ist das okay?"

---

duzen: „du" sagen

der Spezialist: er kann / kennt etwas sehr gut

die Kneipe: einfaches Café / Restaurant

„Natürlich ist das okay!" Theo sieht auf die Uhr. „Ich muss noch kurz nach Hause. Wir holen dich dann später ab. So um halb neun?"

„Wunderbar, ich freue mich total. Was für ein schöner Zufall."

„Ja, das finde ich auch. Dann bis gleich." Theo steht auf und nimmt seine Tasche. „Zum Glück habe ich auf Tante Rosa gehört und bin schon heute gekommen. Und nicht erst morgen oder am Sonntag."

„Ja, stimmt", sagt Emma und bringt ihn zur Tür. „Ach ja, was war denn mit der Heizung? Geht sie jetzt wieder?"

Theo ist schon auf der Treppe.

„Ach so, die Heizung. Ja, die funktioniert wunderbar." Er bleibt kurz stehen und sieht zu Emma. „Aber ganz komisch. Die war gar nicht kaputt. Die war nur ausgeschaltet."

Und jetzt Sie!

1. Schreiben Sie ein kurzes Gespräch.

   Am Montagnachmittag kommt Frau Moll nach Hause. Emma sitzt gerade in der Küche.

   Frau Moll: Hallo, Emma. Na, wie war dein Wochenende?

   Emma: Hallo, Frau Moll! Also, …

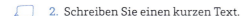

2. Schreiben Sie einen kurzen Text.

   Wie geht Emmas Geschichte in Göttingen weiter?

   Emma geht mit Theo auf die Party. …

3. Geben Sie Tipps.

   Wie lernt man neue Leute kennen? Haben Sie Tipps für Leute wie Emma?

   Man kann in einen Sportclub gehen.

   Man muss …

---

komisch: nicht normal   ausschalten: ausmachen

ÜBUNGEN

1. Emma, Rosa oder Theo? Lesen oder hören Sie die Geschichte und ergänzen Sie.

   Wer …
   a … hat eine Schwester in Freiburg?   Rosa
   b … will in einer WG wohnen?   ....
   c … arbeitet in einem Krankenhaus?   ....
   d … findet seine Tante toll?   ....
   e … kennt Göttingen noch nicht gut?   ....
   f … lädt manchmal zu Kaffee und Kuchen ein?   ....
   g … soll die Heizung reparieren?   ....
   h … hört plötzlich Schritte in der Wohnung?   ....

2. Was passt zusammen? Verbinden Sie.

   a glücklich   1 jung
   b kalt   2 klein
   c spannend   3 warm
   d alt   4 traurig
   e still   5 schnell
   f groß   6 langweilig
   g langsam   7 laut

3. Das Gespräch von Theo und Emma. Was passt? Verbinden Sie.

   a Rosa hat Sie doch informiert?   1 Wunderbar, ich freue mich!
   b Ich bin der Neffe von Rosa.   2 Ja, sehr gerne!
   c Wie gefällt dir die Stadt?   3 Nein, ich weiß gar nichts.
   d Kommst du zur Party mit?   4 Ach so, jetzt verstehe ich.
   e Wir holen dich um halb neun ab.   5 Gut, aber ich habe noch nicht viel gesehen.

▶ 09   # 9 Du schaffst das, Henry!

Henry wacht auf. Heute ist sein großer Tag! Um neun Uhr hat er den Termin bei der Chefin. Sie braucht einen neuen Marketing-Direktor. Und sie will den besten. Also ihn. Henry ist ein Gewinner. Er kann alles! Sein Lieblingssatz ist: Du schaffst das, Henry!

Er sieht auf die Uhr: kurz vor sieben. Genug Zeit für seinen Morgensport: Joggen durch den Wald hinter seinem Haus. Er muss fit sein. Er will gut aussehen. Besonders heute, für die Chefin …
Hopp! Raus aus dem Bett und rein in sein neues Sport-Outfit: blaues T-Shirt, gelbe Schuhe, schwarze Hose. Schwarze Hose? Nein, die ist uncool. Lieber die rote Hose. Feuerrot, das passt. Er sieht aus dem Fenster. Es regnet ein bisschen. Kein Problem. Und los! Schon läuft er durch den Wald. Schnell, sportlich, cool. Es regnet immer mehr. Schon ist alles nass. Egal! Du schaffst das, Henry! Er denkt an seine Chefin. Heute Mittag will er sie zum Essen einladen und den neuen Job feiern.
Er läuft immer schneller, aber … was ist das? Uaaaah!
Henry liegt auf dem Bauch, in einer großen Pfütze. Dieser blöde Regen! Er steht auf. Es ist nichts passiert. Er ist nur total nass und schmutzig, von Kopf bis Fuß. Zum Glück sieht ihn niemand! Jetzt muss er aber sofort zurück. Eine warme Dusche, einen schönen Kaffee, das weiße Hemd und den grauen Anzug. Und dann schnell ins Büro.
Schon steht Henry an der Haustür. Schnell! Es regnet immer noch. Er will den Schlüssel aus der Hosenta…, aber … Moment mal …, wo ist der Schlüssel? Linke Tasche, rechte Tasche, nichts! Muss er zurück in den Wald? Nein, der Schlüssel liegt nicht in der Pfütze. Der Schlüssel ist … in der schwarzen Hose. Und die ist … im Haus. Oh nein!

| schaffen: etwas können | fit: sportlich, gesund | nass: voll Wasser | die Pfütze: Wasser auf dem Weg |

Was jetzt? Ruhig bleiben, eine Lösung finden. Das kann er. Henry, du schaffst das! Das ist sein Job. Ach ja, der Termin bei der Chefin! Er sieht auf die Uhr … Er hat noch eine Stunde. Ruhig bleiben, eine Lösung finden. Ist ein Fenster offen? Nein. Ist da jemand auf der Straße? Auch nicht.

Wer hat einen zweiten Schlüssel? Seine Sekretärin. Er muss Pamela anrufen! Aber … mit welchem Handy? Henry braucht ein Handy. Ganz schnell.

Henry läuft zu seinem Nachbarn links. Klaus. Ein netter Typ, fast ein Freund. Henry hat schon einen Plan B. Warum soll er lange telefonieren? Klaus hat eine Dusche und sicher auch ein paar trockene Klamotten. Klaus leiht ihm hundert Euro und fährt ihn kurz zum Büro. Dort hat Henry ein frisches weißes Hemd und geputzte Schuhe. Alles klar! Henry, du schaffst das! Ein super Plan. Nur: Klaus öffnet nicht. Klaus ist nicht da. Dann müssen die neuen Nachbarn rechts helfen. Henry kennt sie noch nicht, sie haben ihn bis jetzt nicht interessiert. Aber jetzt schon, vor allem ihr Handy. Er hört Schritte. Jemand sieht kurz aus dem Fenster. Na also! Aber die Tür geht nicht auf. Warum nicht?

„Hey, ich bin es! Henry, euer Nachbar!", ruft er. In diesem Moment sieht er sich selbst im Fenster: ein Typ in nassen, schmutzigen Klamotten, morgens um acht. Wer öffnet da die Tür?

Henry steht auf der Straße, im Regen. Was jetzt? Neuer Plan: Er fährt zur Firma und geht dort durch die Garage direkt in sein Büro. Er braucht nur ein Taxi. Das ist alles. Er läuft bis zur Hauptstraße und wartet. Alle Autofahrer sehen ihn dumm an. Was glotzt ihr so blöd?, denkt Henry. Ich werde heute Marketing-Chef. Und ihr?

Endlich kommt ein Taxi. Henry hat Glück. Natürlich hat er Glück.

---

der Nachbar:	der Typ:	die Klamotten	blöd glotzen:
er wohnt neben dir	der Mann	(Pl.): Kleidung	dumm ansehen

Der Fahrer sieht ihn ... und fährt weiter. Der Blick des Fahrers ist klar: Du nicht.

„Hey", ruft Henry, „ich bin Manager. Ich habe ..."

Was nun? Wo ist die Lösung? Da! Die Bushaltestelle. Er fährt nie Bus, aber jetzt passt das wunderbar. Da sitzt schon jemand: ein Mann mit langem Bart und drei vollen Plastiktüten.

Gut, denkt Henry, dann kommt sicher bald ein Bus. Ich frage mal. Der Typ öffnet die Augen. „Ein Bus? Keine Ahnung. Warum?"

„Ich muss schnell ins Büro", ruft Henry nervös. „Ich habe einen wichtigen Termin."

Der Mann sieht ihn an, von oben bis unten. „Bist du sicher?" Er zeigt auf den Platz neben ihm. „Komm her, wir haben Zeit. Sprechen wir ein bisschen."

Komischer Typ, denkt Henry, aber eine kurze Pause tut jetzt wirklich gut. Er sieht auf die Uhr. Du schaffst das noch, Henry!

„Na also", sagt der Mann zufrieden, „ist doch angenehmer so. Nur kein Stress!"

Der Typ nervt, findet Henry. „Hören Sie mal: Ich bin Manager und habe gleich einen wichtigen Termin. Superwichtig. Verstehen Sie?"

„Ja, ja, alles klar. Superwichtig, natürlich."

„Na also." Henry schaut nach links. Wann kommt endlich der blöde Bus?

„Wie heißt du?", fragt der Typ.

„Klotz. Henry Klotz", antwortet Henry. Warum antwortet er eigentlich?

Der Typ nimmt eine Tüte. „Ein Bierchen, Henry?"

Moment mal, denkt Henry, ist der verrückt? Er sieht den Mann genauer an, von oben bis unten. Altes T-Shirt, kaputte Hose, schmutzige Schuhe. Drei Tüten. Ach so. Jetzt ist für Henry alles klar.

---

der Bart: Haare im Gesicht

keine Ahnung haben: etwas nicht wissen

komisch: nicht normal

„Also, zum letzten Mal: Okay, ich sehe gerade etwas komisch aus. Aber das ist nur ein Zufall. Genauer gesagt: Ein Unfall. Zuerst die Pfütze, und dann war die Tür zu. Verstehen Sie? Ich bin nicht wie Sie. Ich bin anders … ganz anders. Ich nehme hier nur den Bus. Das ist alles. Ist das klar?"
„Aber ja. Schon gut. Ganz ruhig."
Na also, denkt Henry noch einmal. Wo bleibt der Bus?
Der Mann sieht auf Henrys T-Shirt, seine Hose, seine Schuhe.
„Weißt du, das höre ich oft. Das sagen fast alle: ‚Ich bin ganz anders und so'. Aber das stimmt nicht. Der Unterschied ist nicht groß. Der Unterschied ist manchmal nur: ‚Tür auf' oder ‚Tür zu'. Genau wie du sagst."
Er sieht Henry in die Augen. „Willst du lieber einen Kaffee?"
„Einen Kaffee?", fragt Henry. Er versteht nicht.
Der Typ lacht. „Ja, da vorne an der Tankstelle gibt es Kaffee. Der ist gar nicht schlecht."
„Aber …"
„Keine Sorge, Henry. Du brauchst kein Geld. Ich lade dich ein. Komm, wir müssen nur fünf Minuten laufen."
„Fünf Minuten?", fragt Henry leise.
Der Typ steht auf und nimmt seine Tüten. „Komm! Das schaffst du, Henry."

Und jetzt Sie!

1. **Schreiben Sie ein kurzes Gespräch.**

    An der Tankstelle gibt es ein Telefon. Henry ruft jemanden an.

    Henry: Hallo, …, ich habe ein Problem. Ich …

2. **Schreiben Sie einen kurzen Text.**

    Eine Stunde später. Wo ist Henry? Was macht er?

    Eine Stunde später ist Henry …

---

der Zufall: nicht geplant   der Unterschied: was nicht gleich ist

ÜBUNGEN

▶ 09   1. Was ist passiert? Lesen oder hören Sie die Geschichte. Ordnen Sie die Sätze und ergänzen Sie die Wörter.

bei • v̶o̶r̶ • von • um • hinter • auf • aus • bis • nach • an • durch • in

- a ○ Uaaaah! Plötzlich liegt Henry .... einer Pfütze!
- b ○ Er steht auf und sieht .... dem Fenster.
- c ○ Der Schlüssel ist weg! Oh nein! .... neun Uhr muss er .... der Chefin sein.
- d ○ Er ist total nass, ... Kopf .... Fuß.
- e ① Henry wacht auf und sieht .... die Uhr: kurz _vor_ sieben.
- f ○ Schon steht er .... der Haustür. Aber wo ist der Schlüssel?
- g ○ Er muss jetzt schnell .... Hause laufen und duschen.
- h ○ Dann joggt er .... den Wald .... dem Haus.

2. Vor der Pfütze, nach der Pfütze. Verneinen Sie die Sätze mit „nicht" oder „kein-".

- a Henry ist ein Gewinner.   Henry ist kein Gewinner.
- b Henry ist sehr glücklich.   Henry ist nicht sehr glücklich.
- c Henry hat einen Termin.
- d Er fährt ins Büro.
- e Er trifft seine Chefin.
- f Die Chefin findet ihn super.
- g Heute ist ein Glückstag!

3. Henrys Outfit: Was passt zusammen? Verbinden und ergänzen Sie.

- a Hose — rot   Seine Hose ist rot.
- b T-Shirt — gelb
- c Schuhe — grau
- d Hemd — weiß
- e Anzug — blau

Das große Geschichten-Quiz

Haben Sie alle Geschichten gelesen?
Zu jeder Geschichte gibt es zwei Fragen.
Immer nur eine Antwort ist richtig. Kreuzen Sie an.

1 Der neue Mitbewohner

a Wer hat gestern Abend Amadeo im Pyjama besucht?

A ○ Herr Vogel.   B ○ Fabian.
C ○ Frau Vogel.   D ○ Claudia.

b Wer ist Claudia?

A ○ Eine Mitbewohnerin von   B ○ Die Schwester von
    Amadeo.   Fabian.
C ○ Die Frau von Herrn Vogel.   D ○ Eine Freundin von
                                      Amadeo.

2 Wo war Lena?

a Wo treffen sich Lena und John zum ersten Mal?

A ○ In einem Museum.   B ○ In einem Café.
C ○ Auf einem Boot.   D ○ Bei einem Konzert.

b Wo hat Lenas Schwester Bea Urlaub gemacht?

A ○ In Hamburg.   B ○ Auf einem Schiff.
C ○ Zu Hause.   D ○ Auf Mallorca.

3 Brunos Krise

a Was ist Laura von Beruf?

A ○ Managerin. B ○ Köchin.
C ○ Angestellte im Arbeitsamt. D ○ Grafikerin.

b Was war Alex früher?

A ○ Lauras Freund. B ○ Brunos Chef.
C ○ Ein Freund von Bruno. D ○ Ein Kollege von Laura.

4 Schwimmen

a Was hat die Gruppe im Training **nicht** gemacht?

A ○ Jogging. B ○ Yoga.
C ○ Schwimmen. D ○ Wasserball.

b Was war am Wochenende? Frau Zander …

A ○ … ist viel geschwommen. B ○ … war im Theater.
C ○ … hat die Sekretärin getroffen. D ○ … war krank.

5 Die zweite Erde

a Was rät die Polizei den Menschen?

A ○ Bleiben Sie zu Hause! B ○ Machen Sie weiter!
C ○ Machen Sie keine Fotos! D ○ Kaufen Sie Superkameras!

b Was sieht das Spezial-Team mit den Superkameras zuerst?

A ○ Probleme. B ○ Städte.
C ○ Menschen. D ○ Natur.

6 Noras Nachricht

a Was hat Jan seiner Frau geschenkt?

A ○ Ein Theaterticket. B ○ Blumen.
C ○ Einen Kalender. D ○ Ein Handy.

b Mit wem war Jan in der Kneipe?

A ○ Mit den „Mädels". B ○ Mit seinem Büro-Team.
C ○ Mit seiner Chefin. D ○ Mit niemandem.

7 Die Reise nach Florenz

a Was ist „Al limone" in der Geschichte?

A ○ Ein Getränk. B ○ Eine Person.
C ○ Ein Hotel. D ○ Ein Markt.

b Wie will Katrin nach München zurückreisen?

A ○ Mit dem Bus. B ○ Mit dem Zug.
C ○ Mit dem Flugzeug. D ○ Zu Fuß.

8 Frau Moll ist weg

a Wer oder was ist „Speedy"?

A ○ Eine Kollegin von Theo. B ○ Eine Diskothek.
C ○ Eine App für Studenten. D ○ Ein Tee von Frau Moll.

b Was ist Theo von Beruf?

A ○ Krankenpfleger. B ○ Student.
C ○ Heizungstechniker. D ○ Taxifahrer.

9 Du schaffst das, Henry!

a Wo ist Henrys Schlüssel?

A ○ Im Wald.
B ○ Bei seinem Nachbarn Klaus.
C ○ In einer Hose.
D ○ Im Badezimmer.

b Was hat der Mann an der Bushaltestelle in seiner Tüte?

A ○ Kaffee.
B ○ Einen Schlüssel.
C ○ Schmutzige Schuhe.
D ○ Bier.

LÖSUNGEN

1 Der neue Mitbewohner
1. b, d, e, g
2. b besuchen, c vermietet, d stellt … vor / erklärt, e sieht … an, f erzählt / hört … zu, g bringt … mit
3. b Sprichst du viel?, c Schwimmst du gerne?, d Hast du oft Gäste?

2 Wo war Lena?
1. 1 d, 2 f, 3 b, 4 i, 5 a, 6 h, 7 c, 8 e, 9 g
2. 2 Lena hat auf dem schönen Platz einen Cappuccino getrunken., 3 Lena hat mit John im Museum gesprochen., 4 Lena ist mit John zum Hafen gegangen., 5 Lena hat eine Bootstour gemacht., 6 Lena hat Sprachkurs-Schüler aus aller Welt getroffen., 7 Lena hat mit vielen Leuten ein Konzert besucht., 8 Lena ist mit John ans Meer gefahren., 9 Lena hat mit Bea telefoniert.
3. a 6, b 7, c 1, d 8, e 2, f 9, g 5, h 4, i 3

3 Brunos Krise
1. a Krise, b Koch / Hotel, c Job, d Stelle / Arbeitsamt, e Angebot, f Kollegen, g Grafikerin, h Manager, i Papiere, j Restaurant
2. a sie, b ihm, c sie, d ihn, e ihm, f sie, g ihn, h ihm, i ihr

4 Schwimmen
1. a 3, b 1, c 2, d 2, e 3, f 2, g 3
2. das Schwimmtraining, die Schwimmübung, die Schwimmlehrerin, das Schwimmbad, die Schwimmgruppe

5 Die zweite Erde
1. d, f, g, h
2. der Tag und die Nacht, der Himmel und die Erde, der Politiker und die Journalistin, die Frage und die Antwort, die Natur und die Stadt, arm und reich
3. b Autos, c Busse, d Fahrräder, e Häuser, f Informationen, g Bilder, h Kameras, i Wälder, Seen, k Berge, l Städte, m Straßen, n Büros, o Cafés, p Krisen, q Probleme

6 Noras Nachricht
1. a, e, f, h, i
2. a ausmachen, b sitzen, c die Blumen, d das Büro, e vergessen
3. a einladen, b feiern, c einkaufen, d trinken, e anrufen, f sprechen, h das Essen, i der Kuss, j die Arbeit, k die Freude, l die Antwort

LÖSUNGEN

7 Die Reise nach Florenz

1. *Katrin:* der Espresso, entspannt, der Zug, die Überraschung, langsam, Italienisch sprechen, lachen, genießen, der Rucksack; *Markus:* der Koffer, die Fotos, Achtung!, erledigen, planen, die Liste, schnell, der Flug, nervös
2. a kann, b muss, c will / kann, d kann e will / muss, f kann
3. das Café, das Restaurant, das Museum, der Dom, die Brücke, der Platz, das Hotel, der Bahnhof, die Haltestelle, die Kirche, die Straße, der Markt

8 Frau Moll ist weg

1. b Emma, c Theo, d Theo, e Emma, f Rosa, g Theo, h Emma
2. b 3, c 6, d 1, e 7, f 2, g 5
3. a 3, b 4, c 5, d 2, e 1

9 Du schaffst das, Henry!

1. 1 e auf, 2 b aus, 3 h durch / hinter, 4 a in, 5 d von / bis, 6 g nach, 7 f an, 8 c um / bei
2. c Henry hat keinen Termin., d Er fährt nicht ins Büro., e Er trifft seine Chefin nicht., f Die Chefin findet ihn nicht super., g Heute ist kein Glückstag!
3. b Sein T-Shirt ist blau., c Seine Schuhe sind gelb., d Sein Hemd ist weiß., e Sein Anzug ist grau.

Quiz

1 a C, b D; 2 a A, b B; 3 a D, b A; 4 a A, b D; 5 a B, b D; 6 a C, b B; 7 a C, b B; 8 a C, b A; 9 a C, b D